KB050244

모데미풀

시작시인선 0201 모데미풀

1판 1쇄 펴낸날 2016년 5월 25일
지은이 문효치
펴낸이 이재무
책임편집 박찬세
디자인 이영은
펴낸곳 (주)천년의시작
등록번호 제301-2012-033호
등록일자 2006년 1월 10일
주소 (04618) 서울시 중구 동호로27길 30, 413호(묵정동, 대학문화원)
전화 02-723-8668
팩스 02-723-8630
홈페이지 www.poempoem.com
이메일 poemsijak@hanmail.net

ⓒ문효치, 2016, printed in Seoul, Korea

ISBN 978-89-6021-269-5 04810
       978-89-6021-069-1 04810(세트)

값 9,000원

모데미풀

문효치

천년의 시작

생명을 신봉한다.
생명은 신이다.
그 속에 진리와 진실이 있고 아름다움과 가치가 있다.
정의와 감동이 여기서 나온다.
이 세상에는 관심 밖으로 버려졌거나 짓밟힌 생명이
너무 많다.
나의 시는 이 신을 섬기면서 시작된다.

차례

시인의 말

제1부

모데미풀

하늘이 외로운 날엔
풀도 눈을 뜬다

외로움에 몸서리치고 있는
하늘의 손을 잡고

그윽한 눈빛으로
바라만 보아도

하늘은 눈물을 그치며
웃음 짓는다

외로움보다 독한 병은 없어도
외로움보다 다스리기 쉬운 병도 없다

사랑의 눈으로 보고 있는
풀은 풀이 아니다 땅의 눈이다

매듭풀

매듭마다
피가 맺혔다

저도 깜냥
삶을 앓고 있나

귀 기울여보면
신음 소리 끓는다

쥐오줌풀

나는 오줌이 아니다
나를 오줌이라고 하는 자들에게
핏대를 올리며 반항한다

나를 밟고 가는 자들아
너네들이 쥐오줌이다

너네들의 발에서는
고랑내와 지린내가 난다

내 발에서는 향내가 나는데
내가 어찌 쥐오줌인가

아무리 외치고 고함쳐도
들어주지를 않는구나
너네들은 귀머거리쥐오줌풀

아무리 몸부림치고 흔들어대도
움쩍도 하지 않는구나
너네들은 멍텅구리불감증귀머거리쥐오줌풀

에잇, 그만두자 그만둬
그래, 내가 쥐오줌이다

옜다, 먹어라
쥐오줌을 너에게 갈긴다

쓴풀

가을은 쓰다
문 열고 들어오던 새도
쌉쌀한 얼굴이다

꽃씨도 쓴 입맛일까
까맣다

새는 부리 끝이 아프다
쓴 것은 아픔이니까

쓴맛으로
새 계절을 시작하고 있다

며느리밥풀

이 땅에는 한도 많아
그중에서도 미움받은 일

독이 올라 붉게 맺혀서
보는 이 눈빛마저 붉게 물들여

그 눈으로 보는 세상
온통 붉어서
저 산 저 강 저 하늘이
붉어만 보이네

며느리배꼽

집 나간 며느리
갈고리로 허공을 찍어
하늘에 오르더니
하늘과 그러더니
배꼽이 꼭 하늘을 닮은
하늘의 아기를 낳았네
전국 야지
어디에나 아기를 낳아놓았네

송이풀
—이별

그때 어둠은 왔지
으아리꽃이 왔다가 가고
어둠은 내 살 속으로 뚫고 들어왔어
어둠이 오는 소리는
천둥 소리 같았어
어둠이 오는 소리에
잎사귀들이 모두 떨어지고
몸은 마구 아팠어

지구를 흔들면서 왔어
그때 어둠은 왔지
어둠의 덩어리들은 와서
내 몸에 뿌리를 박은 채
피를 빨고 있었어

때로는 총이고 칼이었어
나를 뚫고 베었어

송장풀

아직은 육신과 영혼이 분리되지 않았어
정 때문에 떠나지 못하고 멈칫거리고 있을 뿐

저 푸른 달빛의 미친 기운이
강마다 출렁거리고
여름밤의 붉은 치정이
마을마다 넘치고 있는데

어느 의식儀式으로도 떼어놓기 힘든
장엄한 이별을
죽음인들 쉽게 갈라놓을 수 있겠는가

탱자나무 떼가 가시마다 독을 바르고
걸어 나오고 있어서
문은 뻑뻑해

저 문을 헐렁하게 비워야
영혼이 넓은 치마 펄럭이며 들어갈 수 있을 텐데

이때쯤

예뻐도 소용없는
울음은 꽃이야

저 혼자 피었다가
흔적 없이 날아가버려

보풀

하늘을 향해
창을 겨눈다

평생 수렁에 발을 담그고
신열을 식히지만
끓어오르는 몸의 열기가
물을 데운다

무슨 절망과 원한의
딱한 그리움인가

창백한 눈에서
오히려 독기가 뿜어져 나온다

밤마다 벼려두었던
창날의 끝에서
별들이 찔려 죽어간다

뜨거움도 끝까지 가다 보면
냉기가 되는가

창끝에서 찬바람 분다

깽깽이풀

그 영혼 깃들어 살
깽깽이풀이 집을 짓고 있다

허공에 떠서 흘러다니는
신의 말들을 불러 모아

대패질도 하고 못도 치면서
방을 만들고 있다

눈치 빠른 철학자가 이걸 보고
언어의 집이라고 했다

그러거나 말거나
마루도 놓고 창문도 달고 지붕도 얹고

집들이 때는
도깨비엉겅퀴 송장풀 개불알풀 등
이름보다 훨씬 예쁜 놈들
안 좋은 집안에서 태어나 멸시받는 애들
모두 불러다가 술 한 상 내고

깽깽이라도 연주하면서

한번 신나게 흔들어보리라

닭의장풀 · 2

명옥헌 계곡
물들이 우러러 주문 외우니

천지신명도 감응하여 목숨 붙여주었지
그 목숨 소중히 다듬고 보듬어
콸콸콸콸…… 바다로 가다가

선비들 글 읽는 소리에 호기심 많은 물 몇 방울
발길 바꿔 풀숲으로 기어올랐지

바위 옆에 기대어 글소리 다 듣고
다시 바다로 가려 했지만
이제는 길을 잃고 그대로 눌러앉았지

이 모양이 딱해서 하늘 한 점 내려와
꽃잎 바다 찾아서 푸른 물감 들여놓았지
바다 내음에 물새 소리도 함께 넣어놓았지

미치광이풀

귀신 한 분 들어와 산다
노래하다 쓰러져 죽은
가수 귀신

낮에는 풀 속에 꽁꽁 숨어 있다가
세상이 잠들고
달빛이 산속에 차오르면
귀신은 미친다

이승에서 꾸불쳐 감춰온
소주 한 잔 부어 마시고
꽃문을 열고 나온다

꽃물 실컷 핥아먹고
촉촉이 다듬은 목청 일으켜
노래, 노래하면

그 전율
달도 몸살이다

뱀딸기

증조부의 사랑채 앞
꽃밭의 맨 밑에
별처럼 들어왔어

열두 살은 가파른 언덕

그 언덕에 열린 빨간 별
뱀은 그것을 좋아했어

독 오른 뱀이
안채의 토방 아래에도
감나무 가지 위에도
기어 다니고 있었어

그 놈은 늘
내 가까이 있었어

쇠뜨기

새 울음소리가 와서
띵—
머리를 때린다

나에겐 무엇이나 아픔이다

밤엔 아름답다는
별빛도 내 등 찌른다

살 속을 마구 휘젓고 다니면서
바늘같이 쑤셔대는
뜨거움의 촉수 촉수

여름 한낮의
바람 덩이에
불 댕겨 붙는다

산개미 한 마리 지나가기만 해도
아픔, 아픔인데

세월의 속도에

그만 졸도하면서도

와락 퍼붓는

소나기 한 줄금에 구차한 목숨 다시 깨어나곤 한다

익모초

죽은 할배가 오셨다
세상의 길 잘못 밟아
배앓이하던
할배가 늘 달여 마시더니
올해엔 아예 할배가 되어
마당 가에 와 서 있다
―효치야
바람의 지리를 읽어 내리다가
한눈팔고 발을 헛디뎠을 때
문득, 나를 부르는 소리 섬뜩하다
무엇이 내 머리 부딪쳤을까
눈에서 별이 튄다

할배의 손에 몽둥이가 들려 있다
―너도 나처럼 앓기만 하다가 말래?

씀바귀 1

세상은 쓴맛이야
얼레지도 물냉이도

세상은 쓴맛이야
민들레도 개미취도

세상은 쓴맛이야
여기저기
온 산야 산 것들이 아우성이다

이 쓴맛 속에
솔곳한 재미
진짜 사는 맛 있는 줄은 모르는 것인가

죽어봐라
쓴맛인들 알겠는가

미역취

엊저녁
노을이 다녀간 자리

비어 있구나
누가 와도 밀어내고
그냥 비어 있구나

한동안 그러다가
그 자리, 새 노을 자라고 있구나

하늘에 떠다니는
노란 물감
모아 모아 자라고 있구나

자라풀

하늘 한 모퉁이
내려왔다

신도 함께 와
집을 지어주었다

기억 밖에서
울고 있던 사랑 한 잎
들어왔다

제2부

파드득나물

올여름
철원쯤 가다가 꽃 핀 파드득나물

아직도 슬픈 얼굴 그대로인데
퓨―잉 퓨―잉
날아가다 떨어지는 포소리에
파드득, 실린 얼굴 쪼그라들었네

다가가 어루만져주려 해도
독 오른 잎사귀들 칼처럼 버티어 있네

물박달나무
―고사목

키 큰 물박달나무 쓰러졌구나
위로 위로 발돋움하여
비늘 세운 이무기처럼
하늘에 오르려 했지만

평생 하늘의 발톱도 못 만져보더니
내 앞에 쓰러졌구나

몸 낮추고 부수어
숱한 비바람 먹구름에 젖고
사나운 짐승의 발에 밟히면서

아래로 아래로 내려깔리는 곳에
하늘로 통하는 길 있음을 알았는가

돌단풍

이 바위에 서니
옛 생각나네

식영정 옛 정자
그 처마에서 떨어지던
투르르르 투르르르
이 밤 웬 소나긴가 했더니
어둠을 찢고 내려오는 별들 부딪는 소리
귀밝이술 아니어도
내 귀는 너무 밝아
어질어질 취한 채 흔들렸었지
이때 발아래 계곡물은
내 몸속으로 흘러들었지
이 바위에만 오면
근덩근덩 월렁월렁
옛날로 가지

씀바귀 · 2

하체가 부실하다 하여
등산을 했다

허위허위 오른 산
땀 씻으며 둘러보니
저만치 차가운 돌에
'남평 문공 ○○의 묘'라

아뿔싸, 이렇게 힘들게 오른 곳이
남의 무덤이었구나

하기야 죽음에 이르는 길만큼 높은 곳이 또 있을까
쓴 물이 몸에 고이고 얼굴이 노래지는구나
저 아래, 둥굴레 조개나물 쑥 할미꽃 등속
영문 모르기는 마찬가지
재잘거리며 올라오고 있구나

노루오줌

오줌 눈 자리
분홍 솜사탕 피어난다
옥산초등학교 5학년 소풍날
높은 가을 하늘로 분홍 솜사탕 피어난다

고추 달랑달랑 내어놓고
오줌 눈 자리
멍하니 바라보면
채자 영애 걔네들
검은 얼굴에 껌 씹으며 지나간다

군산 가는 길은 멀어도
수수밭 따라 걷는 길

수수 알갱이 익을 때마다
바람 지나가다 멈춰보고
내 고것들 그리워지고

남의 아내 되어 한평생 살아버린
채자 영애 걔네들

이젠 이름만 남아

노루오줌 그 꽃으로 피고 있다

범의귀

어느 별에서 오는 통신인가

한동안 삭신이 쑤시더니
이윽고 내 귀 찢어질 듯 아프다

어느 별에서
불길한 소식 보내오고 있는가

그러나 괜찮아라
통증 끝
언제나 흰 꽃이 피었으니

오늘은 흰 꽃
또 얼마나 피려나

참새귀리

귀 기울여
무얼 듣나

6월의 달
시 읊는 소리 듣지

허리 굽혀
무얼 쓰나

들은 시 날아갈까 봐
받아쓰고 있지

제 놈들 아무리
위성 쏘아 올려도
달은 달이지

더덕

다닥다닥
더덕 잎사귀
하늘가에 피었네

삐죽삐죽
구름 속 더덕꽃
입 내밀고 있네

호로리호로리
지나가는 바람 잡아다가
휘파람 만들고 있네

허우적허우적
산 올라가던 쥐오줌풀
다리 부러지고 있네

소경불알*

건드리지 말아라 성날라
내 이름만 불러도 성희롱

백일하에 발가벗겨진
이 부끄러움을
간신히 참고 견디는데

바람이 지나가나가 산지르고
구름이 와서 문질러대고
벌 나비 날아와 아예 빨아대는구나

나는 누구의 노리개도 아닌데
앞 못 본다고 소경불알 소경불알 하며 놀려대니
내놔라, 네 불알도 좀 주물러보자

* 중부 이북 산지에서 자라는 여러해살이 덩굴풀.

48

질경이

무심히 밟고 다니면서도
아파하는 줄을 모르다가

어느 날 문득
밟은 내 발이 아팠다

밟히다가 밟히다가 이제는 못 참고
그것이 내 발을 물어버린 것이다

상쾌한 보복
나는 오늘 또 한 수 배웠다

통증과 함께 발바닥 밑에서
별들이 튀어 오르고
새로운 우주가 생겨났다

수크령

음악은 풀에서 시작된다
바람 끝이 닿을 때
맺혔던 이슬이 떨어질 때
풀잎은 비올라의 현이 된다

귀를 열고 청력의 볼륨을 높이면
저 신의 음률을 들을 수 있다

신은 멀리 있지 않다
우리가 무관심한 저 풀잎에 있다
거기서 노래를 만들고 있다

억새

그대의 그늘 속에
들고 싶네

온몸에 번져 그려지는
그대의 숨결 담아가지고
한 천 년쯤 살고 싶네

이름과 세월에
색깔 바래어
드디어 편안한 무색옷 입고

흰 수염도 날려가며
무언으로 오히려 미쁜
그리하여 나보다는 훨씬 큰

그대의 그늘 속에
살고 싶네

피나물

그래, 그때 수혈된 것이었어
전쟁 중 한발과 흉년
빈혈로 쓰러져 빈사 상태가 되었을 때
적군인지 아군인지도 모를
패잔병이 스며들어
손가락 깨물어 피를 주었지

나를 도와 일으켜 세운 건
얼굴도 이름도 모르는
그냥 구름이나 바람 같은 것이었어

그리고 나도 구름같이 바람같이
어딘가로 흘러가 그냥 만나는 것을
어루만지고 있는 것이야

장구채

막걸리 한 동이 다오
이리도 우울한 날
한잔 걸치고 장구를 두들겨야지
뚜땅땅뚜땅땅

이 산야
저 하늘까지도
힘껏힘껏 두들겨야지

나를 놓아두고 간
내 살, 그 살 속의 것까지도 찢어놓고 간 사람 하나

울음으로도 고함 같은 욕설로도
풀리지 않는 고독

한 생애를 쫓아와
끝까지 놓아주지 않는 분노
죽음에 이르러서도 눈 감을 수 없으니

참소리쟁이

흔들어봐도
소리가 없다

귀를 세워봐도
귀를 후벼봐도
적막하다

소리도 궁금하여
하늘로 올라가버린
초여름 오후

개비름

저 풀의 가슴속에서
무슨 일이 일어나고 있을까

시인의 마음 밭에 길을 내며
황혼녘을 걸어가고 있을까

먼 별을 향해
비밀의 기나긴 신호를 쏘아 올리고 있을까

저 푸른 목숨 속에
무슨 일이 있어서

저리 발돋움으로
몸을 세우고 있을까
머리 기웃거리고 있을까

산국

내가 볼 때마다
노란 꽃 내밀면서
잎사귀는 웃는다

웃어서 생긴 주름으로
엊저녁 내린 별빛 흐른다

쇠서나물 사데풀 왕고들빼기 잎들
모두 꽃 내밀며
얼굴에 주름 가득히 웃고 있다

고운 이름은 꽃에게 주고
그래, 산에 들에
웃음소리 왁자하다

제3부

다래꽃

이슬이라 말하지 말아라
땀이다
우주진宇宙塵을 뚫고 내려온
별을 만나
지금 성교 중性交中

꽃은 그냥 피어 있는 것이 아니다
그 별을 만나
열매 하나 맺기 위해
허공을 향해 몸 벌리고 있는 것이다

홀아비꽃대

나는 혼자가 아니다

밤마다 별처럼 찾아오는 그리움
그것 하나만으로도 내 생애는 빛나
이 어두운 숲도 다 밝히거늘

이걸 모르고 사는
네가 홀아비

홀아비바람꽃

기다림은 병이다
산꿩의 입김만 쐬어도
통풍처럼 아프다

기다림에게는
지나가는 꿈도 칼이다
언제나 찌르고 썬다

기다림의 자해
아까운 생애가 잘려 나간다

민들레

사월쯤 불어오는 바람을
아, 난들 어쩌겠는가
아직 못 벗은 겨울옷 꿰뚫고
살 속으로 들어와
핏줄에 흐르고 있는 내 본심 읽으며
그냥 노래 되고 춤이 되는
이 미친 기운의 바람을 어쩌라고
바람 부는 곳으로
날다가 또 날다가
어디든 떨어지면 거기가 내 땅
거기가 어딘지 아직은 모를

개망초
── 황사 온 날

산책을 하다가 목에 가래가 걸려
무심코 뱉어버렸더니
개망초 꽃잎에 달라붙어 너울거렸다

그래도 개망초꽃은 웃고만 있었다

천성이 좋은 건지
부아를 꾹꾹 누르고 있는 건지
제 얼굴에 오물을 뱉었는데도 웃고만 있다
흔하디흔한 풀꽃인데
정말 흔치 않은 웃음으로 나를 가르치고 있다

남 가르치는 일이 내 직업인데
오늘은 도리어 또 한 수 배우게 되었다

달맞이꽃

귀신의 똥이다

지재마을 서낭당에서
방을 비우라 하기에
부랴부랴 쫓겨 나와
허공에 떠돌다가, 쫄쫄 굶다가

황사 미세먼지 매연
마구마구 퍼먹고는

변비로 굳은 똥
한 덩이 구름 타고 떠내려간다

아, 어이하랴
나는 이제
똥맞이꽃

별꽃, 별꽃

중천에 살던 반달, 그대가 나가고
싸늘한 바람이 들어왔어

임진강 강 가에서 돌던
바람개비가 얼어 있어
앉을 자리를 찾지 못해 방황하던 우수憂愁가
하얀 얼음이 되고
얼음의 이마에
넓적부리도요가 미처 날개를 접지 못한 채 붙어 있어

공중에서 바람이 얼면 꽃이 돼
꽃은 공중에 떠 있지 못하고
땅으로 떨어져 내려
이 두려움 어쩌지 못해
서로서로 손을 잡은 채 떨어져 내려

으아리

말하고 싶지 않다
이 숲에도 부처님은 계시고
아침저녁 때맞춰 공양하며
가끔은 입 맞추어 웃기도 하지

참으로 말이 필요 없는 세상

귀 열어놓으면, 여기
미당이나 목월의 시 읽는 소리도 들리고

감았던 눈 떠보면
손잡고 노니는 나방들도 보이지

바쁜 사람은 바쁜 사람끼리
잘난 사람은 잘난 사람끼리 놀라 하고

나는 여기
작은, 아주 작은
하얀 얼굴에 별빛이나 담아놓고 살지

뻐꾹나리

뻐꾸기 올 때마다
눈물 나고

뻐꾸기 울 때마다
피 흘리고

그러다간
그 꽃은 피었어

저 땅속에서
올라오는 아픔이
꽃으로 피었어

개여뀌

순이 할배 밭일할 때
밭둑에 나와 말 걸어주던
그 작은 입에선 단내가 났지

뙤약볕 아래 허리 굽혀 밭 매던 할배
힘내라고 말 붙여주던
그 목줄에 핏대가 섰지

털여뀌

흔들리고 있는
저 가느다란 줄기에
먼지 이는 길이 있다

전쟁 속에서 움츠려 있던
옥산초등학교
주눅 든 아이들
눈 똥그래가지고 걸어가던
길이
저기 올라와 있다

저 풀에선
아직도 총소리 포소리 들린다
총알이 대포알이 날아가는 길
아직도 내가 서 있는
거기 길이 있다

이질풀꽃

위를 향해 피어 있는 것은
하늘의 설사를 멎게 하려는 안간힘

하늘도 가끔 배가 아프다
땅에서 썩은 독이 오르기 때문이다

연밭을 다녀오다 올무에 걸려
광포狂暴해진 바람
그 포효가 포올포올
위로 치솟는 새가 된다

새가 남기고 간
어둑어둑한 빈자리
일 끝낸 숫거미 한 마리
독에 취해 비틀거리는데

설사 설사
하늘이 이질痢疾에 걸렸다

참깨 털기

깡마른 몸 죽비로 맞는다
아프게 맞는다
잦은 매질의 누런 끝으로
흰 싸락눈 같은
깨알이 털린다
우주를 방황하던 생명이
지상으로 내려앉는다
탁탁탁탁 깻대가 몸으로 운다
여름 내내 비바람에 부딪쳐 울고 왔다
목이 쉬어 허스키다
생명을 낳는 일은
깻대도 아픔이다
푸른 잎 줄기가 수분을 모두 털어내고
매를 맞는다
마른 번개를 타고
깨알이 고소하게 쏟아진다

휘파람새
―회리바람꽃

기름을 발라 꼬았을까
매끈매끈한 목소리 질기다
저 숲도 잡아당기고
또 저 강도 끌어온다

가수
입에서 뽑아내는 금빛 선율로
산 하나 거뜬히 동여맨다

내가 묶인다
어찌할꼬, 이 유쾌한 부자유

가래

언제 늪에 빠졌는지 모른다
푸른 하늘 또는 빛나는 별을 꿈꾸다가
발을 헛디뎠던 아슴한 기억 너머로
심한 열병을 앓았었는데

늪은 여자다
빠지면 헤어날 수 없는
물의 세계
내가 꿈꾸던
푸른 하늘 또는 빛나는 별
모두 빠져들어 와 있는 곳
내 몸에서 작은 꽃이 피어난다

바람꽃

강신 중이다
온몸이 떨리고
귀신의 말이 천둥 소리처럼 들린다

세상은 온통
작두날

귀신의 힘이 씌우지 않으면
발은 잘리고 만다

땅속의 비밀을 꺼내어
하늘과 내통한다

물렀거라
썩 물렀거라

감꽃

꽃 떨어져 나간 자리
너무너무 아파
눈물방울 맺히다가
붉은 멍으로 굳었네요
비 맞고 서리 맞고
붉은 멍 커가고 있네요
지켜보던 까치 한 마리
안타까워 짖어대고 있네요

제4부

이 밤
—바람꽃

소리가 들려요
내 몸에서
별똥별 떨어지는 소리 울려와요

바람으로 너를 실어 보내고
뒤란에 꽃 피는 걸 보면

내 몸속에선
별똥별 떨어져 우는 소리 들려요

유년의 밤하늘을 보며
주워 먹던
별똥별이 울어요

말 칼
―칼잎용담 1

입은 칼집이다
입을 열면 이내 칼이 나온다

자칫 자상刺傷을 입으면
몸이 아니라 영혼까지도 잘려 나간다

거리엔 칼들의 난무
4월의 낙화처럼 아까운 영혼들이 떨어진다

문명의 발달은 무기의 발달도 데려온다
민주 · 자유가 보장되더니 말 칼도 진화한다

사람들은 입속에서
칼날을 갈고 또 간다

칼침은 언제 어디서 날아올지 모른다
그때를 대비해서 자기의 칼을 잘 갈아놓아야 한다

미국인들이 총기를 함부로 쏘아대듯
한국인들은 이 칼을 아무 데서나 휘두른다

이젠 칼이 아니라 다연장 포탄이다

묵언
―칼잎용담 2

의인화된 지구의 머리 속
큰골과 작은골
그 사이로 강이 흘러간다

저 깜깜한 암흑을 가로질러
빛이 지나가는 길
빗은 물에 온통 젖으면서
묵언黙言의 골짜기를 따라가고 있다

묵언이 회상이라는 걸 안다

말은 언제나
새파랗게 칼을 갈아 휘두른다

별은 신의 눈
그래서 눈만 깜빡이며 반짝일 뿐
좀체로 입을 열지 않는다

무게
―할미꽃

시간도 오래 쌓이면 무겁다

할머니의 어깨에는

하얀 눈처럼 시간이 내려 쌓인다

그 무게로 허리가 굽어졌다

할머니는 늘 몸이 무겁다고 했다

육신을 누르는 시간의 무게 때문이었다

할머니는 대신 몸의 살을 덜어내곤 했다

45kg → 43kg → 41kg → 39kg

이젠 더는 덜어낼 살이 없을 듯한데

오늘은 어제보다 몸이 더 무겁다시며

수저를 들지 않는다

시간의 색깔은 하얗다

알토마토 키워 수확해간 묵은 비닐하우스

눈이 쌓이면 땅으로 주저앉는다

할머니도 땅으로 폭삭 가라앉는다

시간이 무겁다 무섭다

어둠
―도깨비엉겅퀴

바위를 내리칠 때
튀어오르는 불똥

아픔은
바위에서도 빛을 만든다

내 생애를 지배하던 어둠
그놈도 평생을 묵혀 바위처럼 굳었으니
한번 힘껏 내리치면
번쩍, 별 같은 빛이 생겨날까

견고한 어둠을 겨냥하여
망치를 든다

유성이 뛴다
밤하늘에 또 하나
상처가 생기겠다

노을
—하늘말나리

저 하늘가 조용히 걸어가시는
당신의 붉은 옷이 아름다워요

누구를 그리워함인가 끝나지 않은 기다림인가
말은 없어도 마음은 뜨겁게 타고 있으니

사랑은 고요한 세월 속에서도 저 혼자 타고 있어요

당신의 신발 소리가 들려요
바람은 없어도 나무는 흔들리고
아무도 부르지 않는데 나는 어딘가 가고 있어요
일렁거리며 흐르는 여울 같은 길이
당신을 저 멀리 데려가고 있어요

손톱
—봉선화

손톱에
그대 들어와 잠드는
방 하나 있네

반달이 뜰 때
부채로 더위를 날리다가
슬며시 잠드는……

문을 반쪽만 닫아
반달처럼
내가 들어갈 수 있는
그대가 만들어놓은 방이 있네

여우구슬

소리를 줍고 있다
외로운 유성에서 날아와
발치에 떨어져 구르고 있는
소리를 주워
다듬고 있다

소리도 갈면 빛난다
소리를 갈고 닦아
노을을 만들고 있다
붉은 빛들이 뭉치고 있다

내 머릿속에 굴러다니는
이명耳鳴은
언제쯤 붉은 노을이 될까
노을이 섞여 번져가는 그리움 될까

광대나물

여기에도 줄은 있다
줄을 잘 타야 광대다

두렵지만 올라타야 하고
위험하지만 건너야 한다

한 생애 줄 타는 일

줄이 없으면
매어서라도 타야 한다

이 기둥과 저 기둥
빤히 보이지만
흔들흔들 출렁출렁
몸으로 건너는 줄은 멀기만 하다

한란

저 하늘
쪼매 데리고 놀아줘라
서운타 할라

저 잎새
쪼매 데리고 놀아줘라
외롭다 할라

세월은
이런 때 쓰라고
있는 거다

마타리

황혼 빛에 선다
삼시, 잎 피고 꽃 피다가
사랑처럼 흘려버린 시간

온몸에 붉은 물 스며드는
황혼 빛에 서서

외롭지 않은 척
슬프지 않은 척

저, 아슬아슬한
세월의 줄 위에서
흔들리는 몸
안간힘으로 세우고 있다

싱아

눈 감고도 보인다
화성에 흐르던 물
지금도 오고 있다
와서 목숨으로 잇대는 길
닦고 있다

모헨조다로의 글자처럼
풀이 사서史書를 쓰고 있다

바랭이

저 풀잎에도
강은 흐르고 있다
사랑으로 가는 강

살다가 살다가 지쳐
저 풀잎 뒤집어보면
저승 가는 강이 있다

바람 불 때마다 저 풀잎
뒤집혔다 다시 뒤집히고
다시 뒤집혔다 또 뒤집힌다

돌피

제 몸속에서 나는 소리
귀 세우며 듣는다

어느 신전에서
전해오는 소리인가
벼 잎들이 발돋움으로 듣는다

제 몸속의 풍경화
누가 바람을 그려놓았는가

언제나 쫓기는 몸
언젠가는 뿌리째 뽑혀 내던져질
어느 별의 전설

술패랭이

그녀가 머리 풀고 와
히히 우스워

머리 풀고 나를 놀래켜
낄낄 우스워

술 한 잔만 마셔도
그녀는 온몸에 붉은 해가 떠

머리를 풀어도 옷을 벗어도
그녀는 해야

노래해, 해, 악기야

수울술 노래해, 해야

즐거운지 지겨운지 모를
그녀의 노래와 춤

암귀신 서너 마리

돌아가며 춤추고 있어

돌고 돌다가
돌아버려

이 산의 양지바른 곳에
핏방울 뚝뚝
돌아버린 그녀가 가고 있어

쥐꼬리망초

밤이 오면 싫어
암내 난 고양이
눈 크게 뜨고 와

그놈에겐
풀도 밥이야

발전기 돌아가는 소리
으윽 크르륵

고압의 전기가
온 세상에 방전돼

세상은 온통
도둑고양이

참취

지구의 안테나
오늘은 오리온좌로부터 들어온 소식

아직도 이름을 얻지 못한
이웃의 많은 별들을 한 번씩 방문하여
이름 지어주었노라고

꽃대마다 전기가 켜지고
파르르 떨림으로 만들어진 말들

어제는 태풍의 분노가 있었노라고
답신을 보낸다

요즈음 자주 화가 나는 지구
갱년기인가

다시금
얼굴 화끈 열이 오른다고 타전한다

까마중

바람 타고 건너오는 말
나를 흔들며 몸 안으로 들어온다

말은
사랑이 되고 때론 바늘도 되지만
우주의 비나 울음도 된다

몸 안에
작은 정자 짓는다

여우콩

저 덩굴 붙잡고 기어오르다가
어느 번개의 서슬엔가
천마天馬가 되어
하늘에 오르네

산골 숲 가의 작은 꽃
상상은 뻗어 나가는데
그리움 너무 많고
목숨 차암하고

왜장치며
천마 날아오르고 있네

말똥비름

이 고요 속
허공에 떠도는
빛과 색깔을 불러들여
영혼을 빚고 있다
숨으로 잇고 있다
이윽고 우주가 된다
수많은 별들이
저마다의 궤도를 따라
돌고 있다

유비적 상상력과 생명의 추구

이경수(문학평론가·중앙대 교수)

1.

오래전 공자는 시를 읽지 않는 제자들을 향해 안타까운 마음을 표현한 적이 있었다. 시를 읽으면 얼마나 좋은지 조목조목 나열하는 공자의 말에서는 좋은 것을 제자들과 함께 나누고 싶어 하는 스승의 마음이 느껴진다. 먼 옛날 공자가 제자들에게 들려준 시의 효용 중 하나가 시를 읽으면 조수초목鳥獸草木의 이름을 많이 알게 된다는 것이었다. 자연의 세목이 시의 원천이 되었던 시절 공자가 말한 시의 효용성은 좀 더 설득력을 얻을 수 있었을 것이다. 오늘의 시 역시 비슷한 효용을 지닌다고 말할 수는 없겠지만, 적어도 문효치의 이번 시집만큼은 모르고 있던 풀이름, 꽃 이름을 많이 알게 해준다는 점에서 오래전 공자의 전언에 더없이 충실하다 하겠다.

전체 4부로 이루어진 문효치의 이번 시집은 수록 시 전체가 풀이름을 제목이나 부제로 삼고 있다는 점에서 특징적이다. 실물을 본 적은 없고 이름만 알고 있거나, 어디선가 본 적은 있지만 이름은 모르는 풀꽃들의 면면을 이번 시집을 통해 확인할 수 있다. 72편의 시가 수록된 이번 시집에서 연작시가 수록된 두 편과 중복되는 풀꽃을 다룬 시 한 편을 제외하면 총 69가지의 풀꽃 이름을 만날 수 있다. 마치 시로 쓴 식물도감을 보는 듯한 이번 시집에서 새로운 풀꽃들의 이름과 외양을 확인하는 재미도 쏠쏠하다.

　문효치의 이번 시집에 수록된 시들은 풀꽃의 이름이나 외양에서 상상력이 촉발된다. 풀이름이나 야생화 이름은 외양적인 특징에서 비롯된 경우가 많고 득이한 이름의 경우 유래담이 전해지는 경우도 적지 않다. 문효치의 이번 시집 수록 시들도 69가지의 다양한 풀꽃 이름을 제목으로 활용한 72편의 시를 통해 전국 각지에 퍼져 자라는 풀이나 꽃의 잊혀가는 이름을 되살려내고 있다. 풀의 독특한 이름이나 외양에서 촉발된 상상력이 그의 시에 다채롭게 펼쳐지는데, 그것은 단지 풀꽃 이름을 소개하는 데 그치지 않고 궁극적으로 인생사와 만난다. 풀꽃을 통해 사람살이를 보고 우주를 보는 데 문효치 시 특유의 매력이 있다.

2.

　문효치의 이번 시집에 수록된 시들 대부분은 풀이름이나 꽃 이름, 풀이나 꽃의 외양 등에서 상상력이 촉발된다. 이런 유형의 시에서는 유비적 상상력이 유감없이 발휘된다. 풀의 외양에서 이름이 비롯되고 이름이 만들어내는 의미는 다시 인간사와 인생사로 확장된다. 이름과 외양이 잘 들어 맞는 옷처럼 어우러져 있고 그것이 다시 인간사에 대한 비유로 확장되면서 자연과 인간사의 대비가 시집 전체를 지배하는 상상력이 된다. 그런 점에서 문효치의 이번 시집은 서정시의 전통적 미학에 충실하다.

> 매듭마다
> 피가 맺혔다
>
> 저도 깜냥
> 삶을 앓고 있나
>
> 귀 기울여보면
> 신음 소리 끓는다
>
> ―「매듭풀」 전문

매듭풀은 8~9월에 연분홍색으로 꽃이 피는데 잎겨드랑이에서 한두 개씩 달려 수상꽃차례를 이루는 모습이 마치 매듭에 피가 맺힌 모습처럼 보인다. 매듭풀이라는 이름도 바로 여기서 유래했다. 매듭마다 피가 맺힌 것처럼 보이는 매듭풀의 외양을 묘사하는 데서 시작하는 이 시에서 풀을 보는 화자의 시선은 자연에서 인간사를 읽는 시선으로 이어진다.

매듭풀도 삶을 앓고 있다는 발상은 바로 이런 시선에서 비롯된 것이다. 매듭풀에서 피 맺힌 것을 보고 신음 소리 끊는 것을 듣는 것같이 보이지 않는 상처와 아픔을 보아내는 화자의 시선은 결국 자연에서 인간사를 읽는 유비적 상상력에서 촉발된 것이라 볼 수 있다. 전통 서정시에서 선경후정先景後情의 구성은 흔히 볼 수 있는 것인데 문효치의 이번 시집에서도 선경후정의 형식을 띤 시들이 종종 눈에 띈다.

꽃씨처럼 보이는 까만 것이 다섯 개 달려 있는 모습을 하고 있는 쓴풀을 보고 "꽃씨도 쓴 입맛일까/ 까맣다"고 말하면서 "부리 끝이 아"픈 새를 떠올리는 상상력도, 까만 꽃씨에서 "씁쓸한 얼굴"과 "쓴 입맛"으로 감각이 이동하고 "쓴 것"에서 "아픔"(「쓴풀」)으로 다시 확장되는 것 또한 유비적 상상력을 바탕으로 한 것이다. 시각에서 미각으로, 다시 통각으로 감각이 이동하면서 자연에서 인간사를 보는 유비적 상상력이 이 시에서도 펼쳐진다.

이 땅에는 한도 많아
그중에서도 미움받은 일

독이 올라 붉게 맺혀서
보는 이 눈빛마저 붉게 물들여

그 눈으로 보는 세상
온통 붉어서

저 산 저 강 저 하늘이

붉어만 보이네

—「며느리밥풀」 전문

　이 땅에서 자라는 풀꽃에는 며느리밥풀이나 며느리배꼽
처럼 '며느리'가 들어가는 이름이 제법 있는데 대개 여기에
는 한 많은 며느리의 인생과 관련된 전설이 전한다. 문효
치의 시집에 수록된 「며느리밥풀」과 「며느리배꼽」도 풀꽃의
이름과 외양 사이에, 그리고 풀꽃과 인간사 사이에 유비적
상상력이 발현된 대표적인 시이다. 며느리의 한 많은 인생
을 비유하듯 붙여진 이름을 가지고 있는 며느리밥풀에는 슬
픈 전설이 전해진다. 찢어지게 가난한 며느리가 시아버지
제삿날 간신히 얻은 쌀 한 줌으로 제삿밥을 짓다가 밥이 다
되었는지 확인하려고 밥풀 몇 알을 입에 넣었는데 마침 솥
뚜껑 여는 소리에 며느리를 몰래 엿보던 시어머니가 혼자
밥을 먹는 것으로 오해해 부지깽이로 며느리를 패 죽였다
는 것이다. 며느리를 묻은 무덤에 며느리 입술빛을 닮은 붉
은 꽃이 피었다고 해서 며느리밥풀이라는 이름을 얻게 되었
다고 한다. 억울하게 미움을 받아 맞아 죽은 며느리의 한이
서린 꽃이라면 "독이 올라 붉게 맺혀서/ 보는 이 눈빛마저
붉게 물들"일 만하다.

　며느리 배꼽 모양을 닮아 며느리배꼽이라는 이름을 갖게
된 풀꽃을 제목으로 삼은 시에서도 "집 나간 며느리"의 슬픈
사연이 등장한다. 배꼽이 퍼런 하늘빛을 닮아 "하늘의 아기

를 낳았"다고, "전국 야지/ 어디에나 아기를 낳아놓았"다고
「며느리배꼽」에서는 노래한다.

　　　다닥다닥
　　　더덕 잎사귀
　　　하늘가에 피었네

　　　뾰죽뾰죽
　　　구름 속 더덕꽃
　　　입 내밀고 있네

　　　호로리호로리
　　　지나가는 바람 잡아다가
　　　휘파람 만들고 있네

　　　허우적허우적
　　　산 올라가던 쥐오줌풀
　　　다리 부러지고 있네

　　　　　　　　　　　　　　　　　　　—「더덕」 전문

　　다년생 초본의 덩굴식물인 더덕은 덩굴줄기로 다른 물체
를 감아 올라가며 자란다. 더덕 잎사귀가 어긋나며 4개의
잎이 마주 나는 모습이 마치 다닥다닥 붙어 있는 것처럼 보
여 더덕이라는 이름과 제법 잘 어울린다. 모양과 이름의 유

105

사성이 이 시의 유비적 상상력의 근간을 이룬다. 덩굴식물인 더덕 잎이 줄기를 타고 다닥다닥 피어오르는 모습을 하늘가에 피었다고 말하는 것이나 그 사이사이로 삐죽삐죽 입내밀고 있는 더덕꽃을 구름 속에 입 내밀고 있다고 말하는 것은 모두 더덕의 생태에 충실한 묘사인 셈이다. 하늘을 향해 오르는 더덕 잎에 바람이 스쳐간다면 "호로리호로리" 하는 휘파람 소리가 들릴 법도 하다. 제법 큰 키의 쥐오줌풀이 "허우적허우적" 올라도 더덕을 따라가긴 어려울 것이다. 그것을 "산 올라가던 쥐오줌풀/ 다리 부러지고 있"다고 표현한 것도 그럴듯해 보인다. 더덕의 모양과 이름과 생태가 유비적 상상력으로 그려진 이 시에서 모양과 소리를 뜻하는 의태어와 의성어의 적절한 사용은 그 효과를 배가한다.

막걸리 한 동이 다오
이리도 우울한 날
한잔 걸치고 장구를 두들겨야지
뚜땅땅뚜땅땅

이 산야
저 하늘까지도
힘껏힘껏 두들겨야지

나를 놓아두고 간
내 살, 그 살 속의 것까지도 찢어놓고 간 사람 하나

울음으로도 고함 같은 욕설로도

　　풀리지 않는 고독

　　한 생애를 쫓아와

　　끝까지 놓아주지 않는 분노

　　죽음에 이르러서도 눈 감을 수 없으니

―「장구채」 전문

　꽃 핀 모습이 장구 모양을 닮았다고 해서 장구채라는 이름을 얻은 풀꽃을 보며 시의 화자는 악기 장구를 두들기는 상상을 한다. 전국의 산야에 피어 있는 장구채를 보며 무슨 사연이 있기에 이리도 힘껏 장구를 두들기는 것일까 생각하는 화자의 상상력은 악기 '장구'에서 풀꽃 '장구채'로, 다시 막걸리 한 잔 걸치고 장구를 두들기는 상상력으로 이동해간다. 산야 곳곳에 피어 있는 장구채의 모습을 장구를 두들기고 싶어 하는 마음에 빗대어 표현한 이 시를 지배하는 상상력도 자연과 인간사를 유비적으로 바라보고 있다. 흥미로운 것은 이 시에서 장구를 두들기는 상황은 "이리도 우울한 날" 막걸리 한 잔 걸치고 장구를 두들기는 것으로 그려진다는 점이다. 우울의 원인은 3연에서 드러나는데, "나를 놓아두고 간" 심지어 "내 살, 그 살 속의 것까지도 찢어놓고 간 사람 하나" 때문이다. 내 마음을 갈가리 찢어놓고 간 그 사람으로 인해 "울음으로도 고함 같은 욕설로도" 화자의 고독은 풀릴 줄 모른다. 그 사람을 향한 벗어날 수 없는 분노,

즉 한과 그로 인해 짙어지게 된 고독이 장구를 힘껏 두들기게 했듯이 장구채를 산야 곳곳에 피어나게 한다.

3.

시로 쓴 식물도감을 보듯 다양한 풀이름, 꽃 이름과 그것들의 생태와 외양을 알려주는 문효치의 시가 궁극적으로 보여주고자 하는 인생사는 어떤 것일까? 자연과 인생사를 유비적 상상력으로 그리는 문효치의 시는 이별과 고독과 죽음과 고통을 주로 노래한다. 생명을 지닌 존재라면 필연적으로 경험할 수밖에 없는 아픔, 즉 이별의 고통과 죽음의 고통, 그로 인해 개별자가 느끼는 고독감이야말로 문효치의 시가 풀꽃들의 생태를 통해 궁극적으로 그리고자 하는 주제이다.

하늘이 외로운 날엔
풀도 눈을 뜬다

외로움에 몸서리치고 있는
하늘의 손을 잡고

그윽한 눈빛으로
바라만 보아도

하늘은 눈물을 그치며

웃음 짓는다

외로움보다 독한 병은 없어도

외로움보다 다스리기 쉬운 병도 없다

사랑의 눈으로 보고 있는

풀은 풀이 아니다 땅의 눈이다

―「모데미풀」 전문

　시집의 맨 앞에 수록된 시이자 표제시에서부터 시인은 외로움이라는 감정을 그리는 데 집중한다. 지리산록 운봉 모데미에서 발견되어 모데미풀이라고 불리는 이 풀은 하늘을 향해 활짝 피는 모습의 흰 꽃을 피운다. 우리나라 특산 식물의 하나인 모데미풀은 아무 데서나 흔히 볼 수 있는 풀꽃은 아니다. 지리산, 설악산, 태백산 등 고지대의 습지에서 서식하는 모데미풀이 흰 꽃을 피워 올리는 모습을 화자는 땅의 눈인 모데미풀이 외로움에 몸서리치는 하늘의 손을 잡고 그윽한 눈빛으로 하늘을 바라본다고 표현한다. 모데미풀과 하늘, 즉 땅의 눈과 하늘은 서로를 사랑의 눈으로 바라보며 서로의 외로움을 달래주기도 하는 존재로 그려진다. 생명을 지닌 존재라면 누구나 가지고 있는 근원적인 외로움은 더없이 "독한 병"이지만 동시에 "다스리기 쉬운 병"이기도 하다. 누구나 외롭지만 사랑의 눈으로 바라보면 그

외로움을 다스릴 수 있음을 화자는 말한다. 사람과 사람 사이의 관계와 풀과 하늘의 관계가 다르지 않음을 문효치의 시는 간파한다.

죽은 할배가 오셨다
세상의 길 잘못 밟아
배앓이하던
할배가 늘 달여 마시더니
올해엔 아예 할배가 되어
마당 가에 와 서 있다
—효치야
바람의 지리를 읽어 내리다가
한눈팔고 발을 헛디뎠을 때
문득, 나를 부르는 소리 섬뜩하다
무엇이 내 머리 부딪쳤을까
눈에서 별이 튄다

할배의 손에 몽둥이가 들려 있다
-너도 나처럼 앓기만 하다가 말래?

—「익모초」 전문

마당 가에 핀 익모초에서 화자는 "죽은 할배"를 본다. 죽은 할배가 늘 달여 마시던 익모초가 할배가 되어 마당 가에 와 서 있다. 세상의 길 잘못 밟아 배앓이하던 할배가 달여 마시던 익모초가 이젠 할배의 모습으로 와 화자에게 가르침을 준다. "바람의 지리를 읽어 내리다가/ 한눈팔고 발을 헛디뎠을 때" 화자에게 들려온 것은 "효치야" 하고 "나를 부르는 소리"였다. 손자도 자신의 전철을 밟아 길을 잘못 들거나 발을 헛디딜까 노심초사하며 할배는 몽둥이 들고 화자를 깨우친다. 인생의 길을 걸으며 몸과 마음을 앓지 않기란 어려운 일이지만 한눈팔거나 발을 헛디뎌 앓기만 하다가 마는 일은 없어야 함을 할배의 모습으로 현신한 익모초가 화자에게 일깨워준다. 이처럼 문효치의 시에서 자연물과 인간사는 하나가 된다. 익모초를 통해 할아버지의 삶과 자신의 삶을 함께 보는 화자의 시선은 살아가면서 어쩔 수 없이 맞닥뜨리게 되는 아픔을 성찰하고 극복하고자 한다.

올여름
철원쯤 가다가 꽃 핀 파드득나물

아직도 슬픈 얼굴 그대로인데
퓨-잉 퓨-잉
날아가다 떨어지는 포소리에
파드득, 질린 얼굴 쪼그라들었네

다가가 어루만져주려 해도
독 오른 잎사귀들 칼처럼 버티어 있네
—「파드득나물」 전문

111

문효치의 시에서 그려지는 자연은 고립된 자연은 아니다. 화자가 마주치는 자연에는 어김없이 인간사가 끼어든다. 화자가 꽃핀 파드득나물을 발견한 것은 "올여름/ 철원쯤 가다가"였다. 군사분계선이 가깝고 군부대가 많은 그곳에 피어 있는 파드득나물은 6~7월에 아주 작은 흰색 꽃을 피운다. 끝부분이 안으로 말린 모양을 하고 있는 창백한 빛깔의 꽃은 마치 "퓨-잉 퓨-잉/ 날아가다 떨어지는 포소리에/ 파드득, 질린 얼굴"처럼 쪼그라든 모습을 하고 있다. 전쟁의 공포에 질린 쪼그라든 얼굴과 독 오른 잎사귀들이 칼처럼 버티고 있는 모습은 군사분계선 인근에 사는 사람들의 모습과 흡사해 보인다. 문효치의 시는 이와 같이 풀꽃을 통해 그곳에서 살아가는 사람들의 생태를 보고 인간사를 본다.

무심히 밟고 다니면서도
아파하는 줄을 모르다가

어느 날 문득
밟은 내 발이 아팠다

밟히다가 밟히다가 이제는 못 참고
그것이 내 발을 물어버린 것이다

상쾌한 보복

나는 오늘 또 한 수 배웠다

　통증과 함께 발바닥 밑에서
　별들이 튀어 오르고
　새로운 우주가 생겨났다
—「질경이」 전문

　자연은 종종 화자에게 가르침을 주는 대상으로 그려진
다. 질경이는 생명력이 매우 강해 차바퀴나 사람의 발에 짓
밟혀도 다시 살아난다 하여 질긴 목숨이란 뜻에서 질경이
라는 이름이 붙여졌다고 전한다. 무심히 밟고 다니면서도
질경이가 아파하는 줄을 모르던 화자는 어느 날 문득 질경
이를 밟은 발에 통증을 느끼고 나서야 밟힌 질경이의 아픔
에 비로소 공감한다. 통증과 함께 발바닥 밑에서 생명을 지
닌 새로운 우주가 생겨났음을 깨달은 것이다. 직접 아파보
기 전에는 남의 아픔에 공감하지 못하는 경우는 비일비재
하다. 문효치의 시는 이처럼 산을 다니다 경험한 사실을 통
해 인생사를 통찰하는 시선을 보여준다. 고통이 없이는 새
로운 우주의 탄생도, 우주에 대한 인식도 불가능함을 문효
치의 시는 일러준다.

　의인화된 지구의 머리 속
　큰골과 작은골
　그 사이로 강이 흘러간다

113

저 깜깜한 암흑을 가로질러

빛이 지나가는 길

빛은 물에 온통 젖으면서

묵언黙言의 골짜기를 따라가고 있다

묵언이 회상이라는 걸 안다

말은 언제나

새파랗게 칼을 갈아 휘두른다

별은 신의 눈

그래서 눈만 깜빡이며 반짝일 뿐

좀체로 입을 열지 않는다

—「묵언-칼잎용담 2」 전문

   '칼잎용담'이라는 부제가 붙어 있는 두 편의 연작시에서 문효치의 시가 관심을 보이는 것은 말의 힘이다. 누군가를 해치는 칼이 될 수 있는 말의 힘에 시인은 주목한다. 칼잎 용담은 8~9월에 보랏빛 꽃이 줄기 끝과 잎겨드랑이에서 1~3개씩 총상꽃차례를 이루며 위를 향해 달려 피는데, 꽃 받침이나 잎이 끝이 날카롭고 뾰족하여 그 모양이 마치 칼을 닮은 것처럼 보인다. 그런 칼잎용담을 보고 화자는 말의 힘을 떠올린다. 이런 시절에는 묵언이 오히려 귀한 품성일지 모른다.

「말 칼-칼잎용담 1」에서는 "입을 열면 이내 칼이 나"와 "자
칫 자상刺傷을 입으면/ 몸이 아니라 영혼까지도 잘려 나"가는
이 땅의 생리를 "입속에서/ 칼날을 갈고 또" 가는 사람들을
통해 그리고 있다. "거리엔 칼들의 난무/ 4월의 낙화처럼 아
까운 영혼들이 떨어진다"라는 구절에서는 서로를 해치는 말
칼들이 난무했던 2014년 4월 16일 이후의 한국 사회가 자연스
럽게 연상되기도 한다. 문효치의 시는 직접적으로 시대 현실
에 대한 관심을 드러내지는 않지만 사실상 그가 그리는 자연
은 인간사와 맞닿아 있다. 자연의 생명을 통해 문효치의 시
가 궁극적으로 향하는 곳은 인생사이다. 시인이 여전히 자연
을 통해 가르침을 얻고 깨달음을 얻는 까닭도 여기에 있다.

고개를 숙이며 꽃을 피우는 할미꽃을 보며 "허리가 굽어"
진 할머니를 떠올리고 "시간도 오래 쌓이면 무겁다"(「무게-할
미꽃」)는 사실을 깨닫는 것이나 "흔들흔들 출렁출렁"대는 광
대나물을 보며 "두렵지만 올라타야 하고/ 위험하지만 건너
야"(「광대나물」) 하는 것이 우리네 인생임을 깨닫는 것도 자연
에서 인생을 읽어내는 시인의 시선으로 인한 것이다.

4.

이번 시집의 〈시인의 말〉에서 시인은 자신의 시가 생명
이라는 신을 섬기면서 시작되었음을 고백한다. 그가 생명
을 신봉하는 까닭은 "그 속에 진리와 진실이 있고 아름다움
과 가치가 있"기 때문이며 "정의와 감동이 여기서 나"(〈시인

의 말〉)오기 때문이다. 그의 말마따나 "이 세상에는 관심 밖으로 버려졌거나 짓밟힌 생명이 너무 많다." 문효치의 시는 그렇게 버려졌거나 짓밟힌 생명을 하나하나 호명해 거기에 새 생명을 불어넣어 주는 데 관심을 가진다. 생명을 경시하고 함부로 짓밟는 세상에서는 진리와 진실과 아름다움과 가치도 짓밟히기 마련이다. 정의와 감동도 설 자리가 있을 리 없다.

　문효치의 이번 시집이 궁극적으로 지향하는 바는 생명의 추구에 있다. 우리 사회에서 정의와 감동이 사라지고 진리와 진실과 아름다움과 가치가 땅에 떨어진 원인을 문효치의 시는 생명을 경시하는 풍조에서 찾는다. 그렇다면 정의와 감동을 되찾는 길은 생명을 회복하는 데 있을 것이다. 그러므로 문효치의 시는 풀꽃 하나에서도 소중한 생명을 보고 우주를 발견하고자 하며, 인간-신이 빼앗은 자연-신의 권위를 다시 회복하고자 한다. 그의 말대로 "신은 멀리 있지 않다" "우리가 무관심한 저 풀잎에 있"으며 "거기서 노래를 만들고 있다" "귀를 열고 청력의 볼륨을 높이면/ 저 신의 음률을 들을 수 있다"(「수크령」)고 문효치의 시는 속삭인다. 귀를 열고 "이 고요 속/ 허공에 떠도는" 영혼의 소리에 귀 기울여본다면 우리도 "수많은 별들이/ 저마다의 궤도를 따라/ 돌고 있"(「말똥비름」)는 우주를 보고, 마침내 스스로 우주가 될 수 있을지도 모른다.